Takiba

Ich will dich heute Nacht!

Inhalt

KNARR
Ah...
Ah ...!
Hah!
KNARR
FLUTSCH
Ah ...
FLUTSCH
BAMM
Das ist so gut...
Hah!
KNARR
Aah... Wunder-schön...
Hah.
KNARR
KNARR
Nagi...
Haaah.
PEEEPEEEP
PEEEPEEEP

PEEPEEP
PEEPEEP
PEEPEEP
TIPP
KNARR
ZACK

Kapitel 1

KLAPPER
Ah, da ist er ja!
Willkommen zurück, Kanzaki!
Wow, das ist ja eine Überraschung!
WAH
Es ist fünf Jahre her, dass Sie den Job in der Filiale in Malaysia angenommen haben!
Oh, Souvenirs?
Wir haben sehnsüchtig auf Sie gewartet!
Mit Ihnen sind wir so viel stärker!
Hey, einen alten Mann so offensichtlich auszunutzen...
haha!

Hier hat sich auch einiges geändert.
Es gab Umstrukturierungen und wir haben mehr Mitarbeiter bekommen.
Fünf Jahre sind eine lange Zeit.
Guten Tag, Kanzaki!
Ich bin Tanaka, ich arbeite seit vier Jahren hier.
Wir haben so lange auf Sie gewartet!
Guten Tag, ich bin Nakano!
Ich bin Masuda, freut mich sehr!
Willkommen!
Freut mich, auf gute Zusammenarbeit!
Auf gute Zusammenarbeit, freut mich, Sie alle kennenzulernen.
Schlechte Angewohnheit.

Ich fange unwillkürlich an, nach ihm zu suchen.
WUSCH
Huch?
Wo ist denn Futa-gami?

Entschul-
digen Sie,
Kanzaki!
Es gibt
noch einen
neuen Mitar-
beiter namens
Futagami.
Er
wird Sie
bestimmt
später
begrü-
ßen!
TRAP
Äh
...?
Kanzaki?!
TAP
TAP
TAP
Nein...
Das
kann kein
Irrtum
sein.
Hah.

Nagi!
Nagi? Wer soll das sein?
TAP
Sie verwechseln mich mit jemandem! Ich habe zu arbeiten...
SCHLUCK
Hey!
ZACK

!
Ich wusste es!
Du bist es!
Lassen Sie mich los!

E... Entschul-dige...
...
D... Du warst doch...
... vor fünf Jah-ren...
Sagen Sie mal...
Waren Sie ein Kunde von mir?
Hah, Mist...
Dabei hatte ich es schon so weit ge-bracht...
Erin-nerst...
... du dich nicht an mich?

Machen Sie Witze?!
Wie soll ich mich an jeden Einzelnen erinnern?!
Sollten Sie...
... etwas über meine Vergangenheit ausplaudern, bekommen Sie Ärger.
TAP
TAP
Da sehe ich ihn endlich wieder...

... und er erinnert sich an nichts?
Obwohl wir uns so geliebt haben...
Kanzaki ist schon fast zu perfekt.

Ein echter Kerl und sehr fähig in seinem Job.
Ja...
Beneidenswert.
Vielleicht etwas profillos, oder?
Ich weiß, was du meinst.
Ist etwas langweilig, wenn einer so normal ist!
Ah-haha!
Was ist denn schlecht daran, normal zu sein?
Da tut man alles, um sich beliebt und möglichst nicht unbeliebt zu machen...
... und am Ende ist man weder das eine noch das andere.
»Ich weiß nicht, ob du mich wirklich liebst, Kanzaki.«
Bestimmt bleibe ich für immer alleine...
Würg...
Hust...
... in meinem langweiligen Leben.
Würg..
KNIRSCH
Uah, Sie haben ja eine Fahne...

Alles okay, mein Herr?
Ich dachte...
... mir erscheint ein Engel.
Uuh!
Würg...
SPROTZ
Oje, das sieht nicht gut aus.

KNARR
Sorry für die Umstän-de...
Kein Ding! Sich betrin-ken tut doch jeder mal.
Wobei ich schon erschro-cken bin.
Sie sind der Erste, der bei mei-nem Anblick erst mal kotzt.
HÜSTEL
Aber das ...
Das...
Das war nur die Über-raschung, weil du so wunder-schön bist...
Hm...
Sie gefallen mir...
KNARR

Wollen Sie mich für diese Nacht kaufen?
Der Engel...
... war ein Stricher.
SCHMATZ

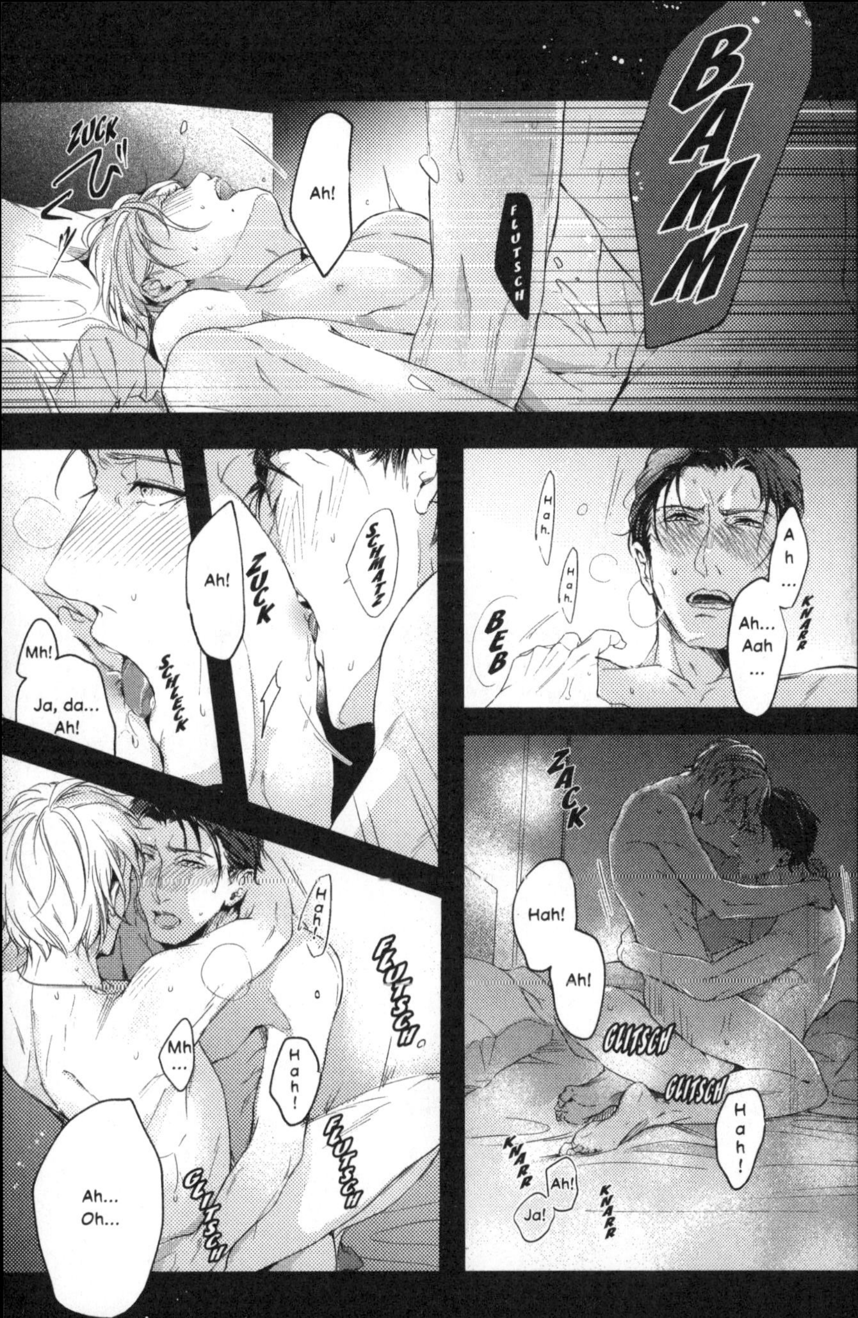
BAMM
FLUTSCH
Ah!
ZUCK
Ah ...
Ah... Aah ...
KNARR
Hah.
Hah.
BEB
SCHMATZ
ZUCK
Ah!
SCHLECK
Mh!
Ja, da... Ah!
ZACK
Hah!
Ah!
GLITSCH
GLITSCH
Hah!
KNARR
Ah!
Ja!
KNARR
Hah!
FLUTSCH
Hah!
Mh ...
FLUTSCH
GLITSCH
Ah... Oh...

Ah!
So gut ...
FLUTSCH
ぱちゅっ
Das ist so gut!
Hah.
GLITSCH
くちゅっ
Hah.
Ah!
ZACK
Wie kann das sein?
ZOSCH
BAMM
Ich will mehr ...
Ah!
BAMM
Ich krieg nicht genug von ihm!
Ah!
FLUTSCH

Ich will dich!
Hah.
... Namen ...
Hah.
Was ...?
Hah.
Sagen Sie meinen Namen...
Hah.
Nagi...
Nagi...
Hah.
Hah.
Nagi!
KNARR
Ah!
KNARR
Mh!
Hah!
Nagi ...!
KNARR
Darf ich dich nach deiner Nummer fragen?

Ich würde dich gerne wiedersehen.
ZACK
Klar.
Ich will Sie auch wiedersehen, Kanzaki.
Hah.
Wir gaben uns einander völlig hin.
Und unser Verlangen wurde immer größer.
Kan
In jeder freien Minute haben wir uns getroffen.
Es war eine so berauschende Zeit.

Aber das war gegen die Regeln.
Hey, so teuer bin ich aber nicht.
Ist schon okay, kauf dir was Schönes davon.
...
STREICH
Dann schenke ich Ihnen den hier.
?
KULLER
Heißt das...
Mh, Sie sind mein Favorit.
Kann sein, dass er nicht passt..
...
Ich werde ihn ein Leben lang wie einen Schatz behandeln!
Was? Ein Leben lang?
Jetzt übertreiben Sie aber!

* Zeitraum vom 8. Januar 1989 bis zum 30. April 2019

Hah.
ZACK
Hah.
Ich mach mir nur selbst was vor.
WUSCH
Was soll ich mit der Erinnerung?
WHAMM
Ich beschloss, einfach einen Strich drunterzumachen.
Aber...
Kanzaki...

Gehen Sie nicht nach Hause?
Obwohl wir dank Ihnen früher fertig geworden sind!
Ich gehe gleich, schönen Feierabend.
Gut, schönen Feierabend!
Nanu? Wo ist denn Futagami?
Bleibt er auch noch?
Oh Mann!
Dabei könnte er das doch morgen fertig machen!
Er ist eben fleißig!
Hä?!
RASCHEL
RASCHEL
Bleibst du immer so lange?

KLAPPER
Hab noch zu tun.
Aha.
Du bist sehr fleißig.
...
TAP
TAP
Brauchen Sie etwas?
Ich bin gleich weg, ich räume das hier nur noch auf.
Deine Haare sind jetzt schwarz.
TOUCH
Steht dir auch.
!
ZUCK

Was?
RUMMS
Ich hab mich...
WHAMM
... so sehr nach dir gesehnt.
Was muss ich tun, damit du dich erinnerst?
L...
Lassen Sie mich bitte.
Ich will von der Vergangenheit nichts mehr wissen...
Wenn ich dich bezahle...

... darf ich dich dann anfassen?
Nagi...

Sie können es ja versuchen.
Dann befriedigen Sie sich eben an mir.
Nein!
ZACK
I... Ich...
... will, dass du dich erinnerst!
Vergiss es.

Ich bin
impotent...
Sex mit
mir ist nichts
mehr wert.

Deshalb...
... vergessen Sie mich bitte.

WHAMM
Nur ich hänge
noch in der Ver-
gangenheit fest.

Ich entkomme ihr nicht, auch nicht nach all den Jahren.

Kapitel 2

Du sollst stöhnen!
Was bist du für ein Lang-weiler?!
Was soll das? Ich will mein Geld zu-rück!
Es tut weh.
GLITSCH
Halt ihn fest.
Was für ein Lang-weiler.
Bist du impotent, oder was?!
Und das als Stricher!
Hilfe!
Es ist so schwer.

Hilfe... Bitte!
Nagi...
Ich liebe dich.
KNARR
KLAPPER

Nagisa...?
Hah.
Du siehst nicht gut aus, alles okay?
Hah.
Sorry, alles gut.
Essen wir zusammen?
Ich hab Curry gemacht!
Okay...
GLITSCH
Hah!

Hah!
FLUTSCH
FLUTSCH
FLUTSCH
Hah!
Ah!
GLITSCH
ZUCK
ZUCK
Hah. Hah.
GLITSCH
Hah!
Vergessen Sie mich bitte.
Hah.
Hah.
...
Ver-dammt ...
Und trotz-dem...

... will ich wissen, wer du bist.
Ah ja, den kenne ich!
Nagisa Futagami, stimmt's?
Ich habe ihn eingelernt!
Ach... Sie, Herr Yoshino...?
Ja, ja! Da werden Erinnerungen wach!
Ich dachte erst, was soll nur aus ihm werden, so ungeschickt war er.
PLING
Aber vor drei Jahren wurde er dann hier fest angestellt.
Ähm...

Das nächste Mal mache ich es richtig!
Geben Sie mir bitte noch eine Chance!
Er wirkte sehr verzweifelt.
POFF
Wenn etwas sein sollte, helfen Sie ihm, ja?
Ja, natürlich.
Sagen Sie, warum sind Sie nicht zu uns in den Vertrieb gekommen?
Wenn Sie im Ausland den Vertrieb gemacht haben, wäre ihr Platz doch hier!
Es wird gerade in jeder Abteilung jemand gebraucht.
Hach...
Aber ich komme Sie gerne unterstützen!
Ja, bitte!
Oh!

!
Wenn man vom Teufel spricht! Futagami!
SCHLUCK
VERBEUG
Hey, lange nicht gesehen!
Ja, entschuldigen Sie...
Und? Wie läuft es so?
Ähm... Ja, ganz gut...
»Ganz gut«! Da bin ich aber froh!
Wenn Sie Hilfe benötigen, kommen Sie zu mir oder Kanzaki, ja?
WUSCHEL
Wah!
Lassen Sie sich mal blicken! Sie auch, Kanzaki!
Ja, bis dann.
PLING
Bis dann!
...
Vielleicht können wir mal was trinken gehen.
Okay...

...
Das gestern ...
... tut mir leid.
Sie haben ihm nichts über mich gesagt?
Ich werde niemandem etwas sagen!
Er wirkte ziemlich verzwei-felt...
Ich weiß nichts über dich...
... aber du hast für diesen Job al-les gegeben, stimmt's?

!
Mir kannst du doch...
... alles sagen.
PLING
HAH

Ah...
TAP
Puh...
Meine Fantasie...
Das Verlangen ist immer noch da.
Hah.
Hah.
...
Mist...

Wir machen Mittag.
Ist gut, bis dann.
!
Sie haben noch nichts?!
Es tut mir leid...
Hatte ich nicht gesagt, Sie sollen etwas reservieren, noch bevor Kanzaki aus dem Ausland zurück ist?
Entschuldigung.
Ich hab doch schon alle über die Willkommensfeier informiert!
Willkommensfeier?
Für mich?
Was soll ich denn jetzt machen?!
Ich regle das.

Gibt es ein Problem?
WHUPP
Kanzaki!
Ähm... Wir haben noch kein Lokal für die Willkommensfeier...
... und ich hab schon allen Bescheid gesagt.
Das wäre aber nicht nötig gewesen.
Na, wird schon klappen.
Machen Sie Pause, Futagami.
Okay ...
Entschuldigen Sie.
Eigentlich sollten Sie das nicht mitbekommen...
Schon okay.
Ach, Kanzaki!

WAH
Was tragen Sie denn da für einen Ring?!
Im Ernst, Kanzaki?!
Was?!
Den hatten Sie vor fünf Jahren doch noch nicht?!
Sagen Sie bloß, Sie haben geheiratet?!
Nein, das...
... ist ein Geschenk von jemandem, der mir sehr viel bedeutet.
Wow! Wie schön!
Das müssen Sie uns mal bei einem Drink erzählen!
Ha-ha-ha!
Hey, habt ihr das gehört?!
Kanzaki ist vergeben?
Klingt so, ja!

Die Person, die ihm den Ring geschenkt hat, kann er wohl nicht vergessen.
Oh?
Du meinst, er liebt sie noch, obwohl er verlassen wurde?
Wie glücklich muss man sein, von einem so perfekten Mann geliebt zu werden!
TICK
TACK
KLACKKLACK
KLACKKLACK

KNARR
Hah.
RUMMS
So spät noch am arbeiten?
Das magst du doch, oder? Hast du früher gerne getrunken.
DONK
Was soll das?
Eine Belohnung für einen fleißigen Mitarbeiter.
...
Sind das die Unterlagen für nächste Woche?
Ich helfe mit.
Weil Sie mein Vorgesetzter sind?

Tja, wer weiß...
Ich kann nicht leugnen, dass ich Hintergedanken habe.
Das nervt echt!
Warum wollen Sie es nicht begreifen?
Sie könnten doch jeden anderen haben...

Ich will keinen anderen.
Ich will dich und sonst niemanden.
Tut mir leid.
Arbeiten wir.
KNARR
...
Hah.
Es ist doch zwecklos.
Du meinst, wegen dem...
... was du mir gestern gesagt hast?

Irgendwann hat mich nichts mehr erregt, egal mit wem ich geschlafen habe.
SCHLECK
Hey, Nagi?
Da regt sich ja gar nichts.
Geht's dir nicht gut?
Vielleicht zu müde...
Okay...
Zuerst dachte ich, es ist nur vorüberge-hend...

... aber ich konnte nicht mehr vorspielen, dass ich erregt war.
Ich verlor einen Kunden nach dem anderen.
Bis niemand mehr mich kaufen wollte.

Dabei war Sex meine einzige Stärke.
Aber...
... von irgendwas musste ich leben.
Also beschloss ich, es mit einem anständigen Leben zu versuchen.

Es ist so dumm.
Ich kannte mich mit den normalsten Dingen nicht aus.
Aber ich wollte auch ohne Sex leben können.
Dieser entschlos-sene Blick.

Ich komme nicht mehr an ihn ran.
Deshalb, Kanza-ki...
... bitte vergessen Sie mich...
Verstehe.
Tut mir leid, dass ich dich belüstigt habe.
...
Ich werde mir...
... ein Vorbild an dir nehmen.
ZACK

Hier.
Du erinnerst dich wohl nicht mehr dran, aber den hast du mir geschenkt.
Ich sollte ihn nicht länger behalten.
KULLER
BRRRRMM
Entschuldigen Sie, mein Handy...
Nur zu.
Entschuldige, ja, ich bin fertig.
Du wartest unten auf mich?

Oh Mann, dieser Kerl...
Okay, ich verstehe.
Es besteht keine Hoffnung mehr.
Ich werde dich von jetzt an als Kollege unterstützen.

Geben wir uns beide Mühe.
Auf gute Zusammen-arbeit.
Also dann, bis morgen.
WUSCH
...
ZACK

Wie
armselig.
Wie soll ich
ihm denn ein
guter Vorge-
setzter sein?

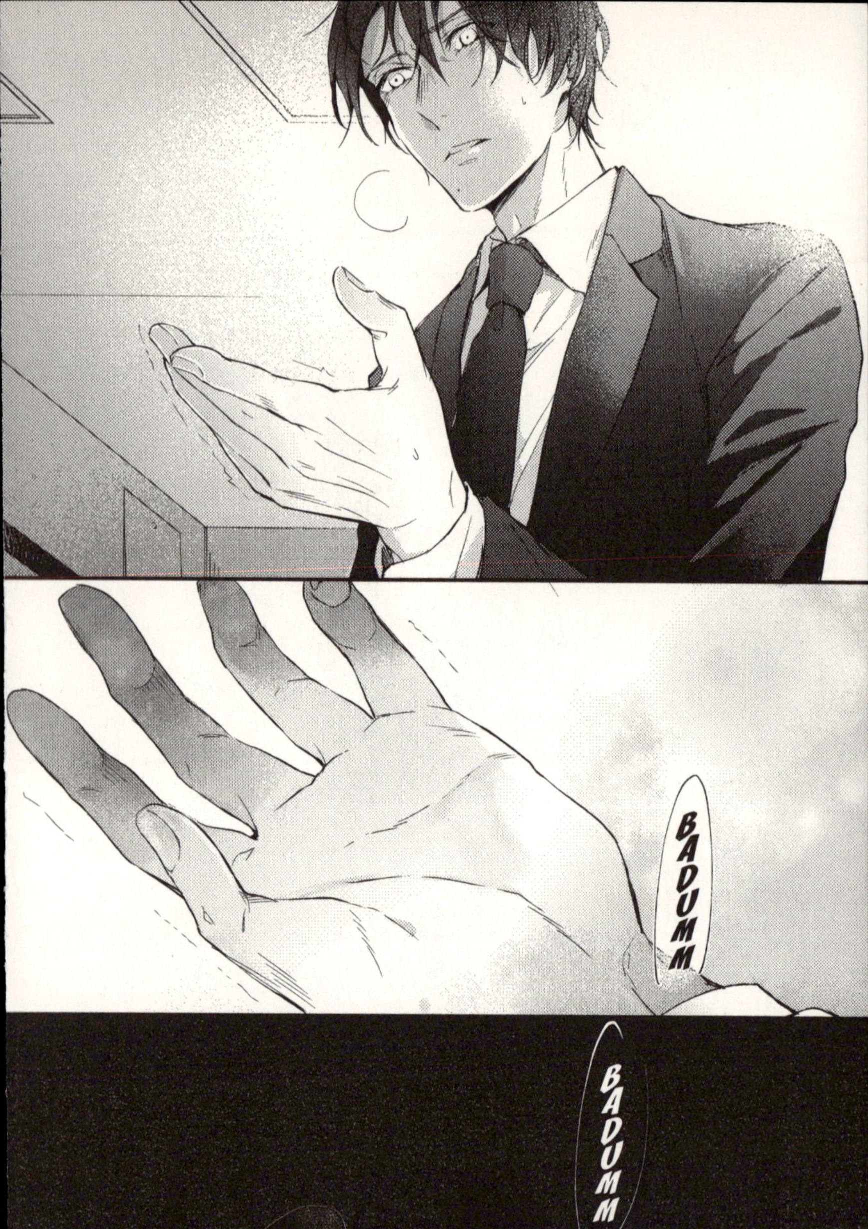
BADUMM
BADUMM

SPLAS
Hah!
Ah!
びくん
ZUCK
Hah.
Hah.
Hah!
Warum ...?
Auf eln-mal ...

Nein...
Hah.
Ich will nicht zurück.
Kapitel 3
Ich will mich nicht daran erinnern, wer ich war, bevor ich dir begegnet bin.
Morgen!
Er ist nur ein Angestellter.
Und ich bin nur sein Vorgesetzter.
Guten Tag.
KLAPPER
Ah, da ist er ja!
Kanzaki, darf ich Sie was fragen?

ZACK
Futagami wird sich heute ein paar Lokale für Ihre Willkommensfeier ansehen!
Was ist Ihre Lieblingsspeise?
Da müssen wir doch wissen, was der Stargast gerne isst!
SCHUBS
SCHUBS
Was ich gerne esse ...?
WUSCH
Finden Sie bloß ein gutes Lokal, Futagami!
In Ordnung, ich sag Bescheid, wenn ich was habe.
WUSCH
Gut ...
Mir ist alles recht.
Das macht es aber nicht einfacher!
Was?!
Er ist immer so scheu...

Ich dachte...
... ich hätte an diesem Tag einen Schlussstrich gezogen.
Ich versuche, mich wie ein Vorgesetzter zu verhalten...
... aber er geht mir weiterhin aus dem Weg.
Geschieht mir recht.
Ich glaube, er wird in Ihrer Anwesenheit nervös, Kanzaki.
Vielleicht fühlt er sich irgendwie unter Druck gesetzt.
Klar, Sie sind so viel erfahrener als er.
Hm...
Solange es seine Arbeit nicht negativ beeinflusst.
Stimmt.
Ah, ich hab eine Idee!

Ein zwangloses Beisammensein könnte helfen!
Nur Sie beide!
ざわ LÄRM
ざわ LÄRM
Da...
... sitzen wir nun...
...
Aber es ergibt doch keinen Sinn, wenn die Hauptperson beim Testessen schon dabei ist...
LÄRM
LÄRM
Seufz...
Ja...
Sagen Sie bitte, was Sie gerne essen möchten.
Hah...
Okay, mach ich.

RUMMS
!
Ich gehe mal ein paar Dinge nachfragen.
Okay.
Haa...
Ich darf mir...
... nichts anmerken lassen.

Ich will ihn doch auf seinem neuen Lebensweg unterstützen.
Das will ich wirklich, ungelogen.
Wie habe ich...
... das denn sonst mit meinen Mitarbeitern gemacht?
LÄRM
LÄRM
Vielen Dank!
Jetzt ist aus dem Testbesuch das volle Programm geworden.
Hah.
Hab ganz schön viel getrunken.
Hah!
T... Tut mir leid...

Wie konnte ich nur so die Kontrolle verlieren?
Und das in meinem Alter, peinlich.
Puh...
Ich sollte lieber gehen, bevor es für ihn unangenehm wird.
Also...
... gehen wir als Nächstes in ein Lokal, wo weniger die Drinks im Vordergrund stehen?
Was?
Mal sehen...
Nakayama hatte einen Favoriten... ganz in der Nähe.
Harada isst gerne Fisch, glaube ich.
Ein japanisches Meeresfrüchtelokal...
Dann gibt es noch einen Laden mit Fokus auf Alkohol...
Sollen wir diese drei Läden noch testen?

Du bist wirklich nett, Futagami.
Ich dachte, andere Menschen sind dir nicht wichtig...
... aber du versuchst, allen gerecht zu werden.
Unsinn ...
Ich bin doch mit keinem von denen eng.
Wirklich?
Aber sie alle achten auf dich, Futagami.
Die frische Luft hat geholfen, jetzt geht es mir besser.
Sorry für die Pause.

Es geht wie-der, also weiter!
Aber trinken Sie bitte nicht wieder so viel.
Uh... Okay...

Krautsalat
Sojasprossen

LÄRM
WRRROMM
LÄRM
RUMMS
Oh Mann!
Ich sagte doch, trinken Sie nicht so viel!
Uuh... Sorry...
Hah...
Wird schon wieder. Nur kurz ausruhen...
ahaha...
ÄÄÄCHZ

Können Sie denn morgen zur Arbeit?
Uh... Ich werde wohl einen Kater haben.
...
Da werden die anderen aber von ihrem Vorbild enttäuscht sein.
...
So ist das eben mit mir.
Dabei wollte ich gerade für dich ein guter Vorgesetzter sein.
Und jetzt hab ich mich so gehenlassen.

Du bist so tapfer, Futagami!
Bei der Arbeit so fleißig...
Du gibst immer dein Bestes.
WHUPP
So hast du Zukunft in unserer Firma!
Puh...
DRÜCK
Oh!
Der Zug müsste gleich da sein...
Danke für den Abend...
WUTSCH
HAH
Uah!
He!
Hah.
Hah.
Vorsicht!

Also echt...
So wirkt das aber nicht besonders überzeu-gend!
Puh...
Sie sind doch kein alter Mann!
Stimmt...
DONK
Äh...
Ja...
He... Kanzaki?

Ich bin echt betrun...
...ken...

Hah.
Ich kann...
BADUMM
Ich hab doch gesagt, Sie sollen das alles vergessen!
BADUMM
Und Sie haben gesagt, wir wollen uns beide bemühen!
Und das war die Wahrheit!
... dich einfach nicht aufgeben.
!
GNNN
KLAMMER
Ich will dir in deinem neuen Leben nicht im Weg stehen.
BADUMM
BADUMM
Aber...

... kannst du nicht bitte zulassen, dass wir uns noch mal ineinander verlieben?!
SCHLUCK
POFF
PLUMPS
!
...

Futa-gami...
Sie...
... wollen doch sowieso nur Sex!
Sie sind...
... wie alle anderen!
Hah.
Hah.
Ich vertraue niemandem mehr!

Futa-gami, du...
Nagisa?
Was machst du denn hier?
Und wer ist das?
Ey, du Penner!
Hey!
Was wollen Sie von Nagi-sa?!
Was haben Sie mit ihm gemacht? Sagen Sie schon!
ZACK
Lass ihn!

Ich kenne ihn aus der Arbeit.
Hah.
Hah.
Gehen wir...
Hah.
Hah.
WUSCH
Ver-dammt!
TAP
TAP
Hah...

Dabei hat er sogar gelächelt...
Am Ende bereite ich ihm nur Ärger.
Ich vertraue...
... niemandem mehr!
Hah.
Hah.
Alles okay?
Geht's dir gut? Hat er dir was getan?
BEB

Alles okay.
Es ist nichts...
Hah.
Alles okay.
Hah.
Is' okay...
... wirklich.
Hah.
Ich bin nicht der, der ich damals war.

...
mi...
...
gami...
Hey,
Futagami!
HAH
Was ist los, Sie wirken neben der Spur?
Darf ich mal?
Nur zu.
Nein, nein, alles gut.
Wie war die Suche? Hatten Sie Erfolg?
Ja, hab auch schon reserviert.
Ooh! Und Sie haben auch ein gutes Lokal ausgesucht?
Natürlich.
Wir haben es zusammen ausgesucht.
Echt?
Jetzt steigen aber die Erwartungen!
Ah-haha!
Dürfen sie auch.

Alle Wünsche wurden berück-sichtigt...
... und sogar die Kellner peni-bel befragt.
Ich denke, alle werden ihren Spaß haben.
Uah, jetzt freu ich mich aber richtig drauf!
POFF
Wie schön, alle freu-en sich.
Fangen wir mal an.
Ja!

Hah...
Haaah...
KLAPPER
KLAPPER
RRRING
Nanu? Wo bleibt Futagami?
Hast du ihm wieder Archivarbeit aufgedrückt?
Der Arme!
Quatsch!
Ich hab ihm was Entspanntes gegeben, er sah so angeschlagen aus!
...
...
Archiv
Nach gestern...
... fühlt er sich in meiner Gegenwart sicher unwohl.
...
...

Aber...
KLAPPER
Futagami, sind Sie hier?
Ich hab gehört, es geht Ihnen nicht gut?
SCHLUCK
Hah!
RUMMS
Hah!
Gestöhne...?
BADUMM
TAP
Vielleicht war das gestern doch zu viel und Sie haben...
BADUMM
TAP
BADUMM
Halt! Nicht herkommen!
Hah!
Hah!

Ah!
Ah!
Nicht...!
Hah.
Hah.
Nicht hingucken!
BADUMM

Das erste Mal bewusst geworden ist es mir in der 11. Klasse.
RUMMS
Hah.
Hah.
Kapitel 4
Hah.
Hah.
Endlich kann ich dich anfassen...
Hah.
Was? Du willst es doch auch!
Hah.
Nagisa...
Ein damaliger Freund ist über mich hergefallen.
Da wurde mir bewusst...
... dass mein Körper...
... nur für so etwas zu gebrauchen war.

Den meisten Gewinn heute hat...
Oh!
Unser bestes Pferd im Stall! Bist echt der Hammer, Nagisa!
Was soll ich sagen, die Kunden stehen Schlange.
Sehr gut, du kannst echt stolz sein!
Wirst bestimmt noch mehr an Land ziehen!
Ja, hallo?
Der hat's gut, mit dem Aussehen.
Is' ja auch das Einzige, was er hat.
Ah-haha!
Schaffst du locker!
Scheiß drauf, solange ich mich verkaufe.
In einer Welt, in der die Kunden meinen Wert bestimmen, ist es einfach.

Ich hab alles gemacht.
Auch dumme Sachen oder richtig eklige.
Ich hab irgendwann angefangen, meinen Kopf auszuschalten.
LÄRM
LÄRM
Ja, das war nur eine Verarschung.
Ging wohl um eine Wette oder so.
Ich geh mir selbst jemanden suchen.
Egal was für einen.
Hauptsache, er bezahlt mich...
... für die Nacht.

Und dann kam dieser Traum, aus dem ich nicht mehr aufwachen wollte.
Hah.
Hah.
Futagami...
...
Was ist passiert?!

RUMMS
Brauchst du Hilfe?
Nein!
Nein, brauch ich nicht...
Aber was ist...?
Warum...
GNN
... mussten ausgerechnet Sie hier auftauchen?!
BEB
BADUMM
Futa-gami...
BADUMM
Lassen Sie mich allein!
Warum...?
Ich will das nicht!
Hah.
Ich will kommen können...

Verdammt!
SCHLUCK
Was?
Hah.
Es ist zweck-los.
Aah...
TAP
TAP
TAP
Ich kann nicht mehr.
Kanzaki!

Ich muss dich be-rühren.
BADUMM
Hah. Hah.
Hah.
Hah ...
Hah ...
Ich will dich...
Hah.
BADUMM
Kan-zaki ...
BADUMM
Halt!
Hah.
... Futa-gami.
BADUMM
Hah.

Sie wollen...
... doch sowieso nur Sex!
Ich vertraue niemandem mehr!

Hah.
Hah.
BEB
BEB
...
Kanzaki ...
Hah.
!
GNNN
FLAPP
?!

Dämpf damit deine Stimme.
Ich passe auf, dass niemand kommt.
Dann wird's gehen, oder?
TAP
TAP
WHAMM
...

Hah.
Das war knapp...
KLAPPER
Es ist also...
SCHLUCK
... immer noch nicht okay?

Deine Tasche.
Geh nach Hause und ruh dich aus.
!
Aber ich hab noch zu tun...
Das ist okay, mach dir keinen Kopf.
Nimm dich selbst mal wichtig...
... und vertrau deinen Kollegen.
TAP
TAP
Ruf dir ein Taxi und fahr nach Hause.

WHAMM
Hey! Du bist aber früh.
Bin früher gegangen.
Bist du okay?
Ja, alles okay.
Hah.
Hah.
Sorry, ich leg mich ein bisschen hin.
WHAMM
...
Dieses Jackett...

KLACK
DRÜCK
Nagi ...
Nagi!

KNARR
Ah!
KNARR
Mh!
FLUTSCH
FLUTSCH
GLITSCH
GLITSCH
Hah...
SCHMASS
Steck ihn...
... rein... Bitte!
ZUCK
Sei nicht so zurückhaltend...
Ah!
SCHWIP
Mach einfach, wie du willst...
Nein.
Ich will der Einzige für dich sein...
Der Einzige...
Hah.
Hah.
Das bist du doch längst.
Hah.
ZUCK
Ich will, dass wir beide es gut finden.
SCHT

TOUCH
Aber wie soll ich dir das sagen?
Hah.
SWP
Wie soll ich dich dabei ansehen?
SCHLECK
GLITSCH
SCHMATZ
Mh ...
Hah ...
FLUTSCH
ZUCK
DRÜCK
Aah!
KNARR
Hah
Hah
Ah... Ja...
KNARR
KNARR
Ah!
Ah!
Hah!
Das ist so gut...
DRÜCK
Ah!
Hah!
Ich bin es doch, der dir völlig verfallen ist.

Mit jedem Mal mehr.
BRMM BRMM
Kanzaki
Nagisa, dein Handy.
WUSCH
Ah, danke.
...
Hallo? Ah, danke für den Anruf!
Gern morgen, ja!
Nein, Sie können immer anrufen.
Für Sie stehe ich jederzeit bereit.
Selbstverständlich.
Wie konnte ich glauben...
... diese Zeit würde...
... niemals enden?

Obwohl ich doch nur ein Stricher bin.
Wartest du immer noch auf diesen Geschäftsmann?
...
So ist das nun mal, wenn's ums Geschäft geht.
Komm schon, du bist unser Ass.
Ja, ist wohl so...
Als ich mich daran erinnerte, dass ich nur eine Ware bin...
... war diese Ware bereits nichts mehr wert.
Nagisa, hör doch auf damit!
WHAMM

KEUCH
Es bringt nichts, sich dazu zu zwingen!
ZACK
Ich zwinge mich nicht!
KEUCH
KEUCH
Geht schon!
Das war der Preis, den man für dieses Leben zahlen musste.
Ich wollte so gerne glauben, dass ich auch als Mensch wertvoll bin.
KRIEK
Futagami hat sich krankgemeldet.
Fehlt
Er sah gestern schon nicht gut aus.
Hah...
Weil Sie ihn immer so mit Arbeit vollknallen...
Jetzt bin ich also schuld?!

Hah.
Ich bin froh, dass er sich wirklich eine Pause nimmt.
So wie ich ihn gestern erlebt habe...
... hat er seine Impotenz überwunden.
Fünf Jahre lang war die Lust weg...
... und jetzt...
... noch dazu abgelehnt werden?!
Ich habe nicht das Recht, mich da einzumischen...
Aber...

... ich will
es später
auch nicht
bereuen.
KNITTER
Ich muss es in die Reinigung geben...
KNARR
DING DONG
Bei den Kollegen...
... muss ich mich auch entschuldigen.
SCHWANK
Und natürlich bei ihm...
KLACK

KLAPPER
Aber ich...
... will ihn nicht sehen.
Ah...
Ich bin froh, dass du auf-machst.

Geht's dir besser?
!
GNN
Tut mir leid, dass ich mich krankgemeldet habe.
Schon gut, mach dir keinen Kopf.
Tut gut, dich wohlauf zu sehen.
...
Ah...
ZUCK
Ach ja, hier.
RASCHEL
Ein kleines Mitbringsel.
Oh... Mit Kohlensäure...

Bringt man bei einem Krankenbesuch nicht eher Saft mit?
Oh! War das falsch?
Ich dachte, weil du das so gerne magst.
Fruchtgelee wäre wohl besser gewesen.
Nein, nein... Ich bin es, der sich entschuldigen muss.
KICHER
Da hab ich mich wohl etwas dämlich angestellt.
...
Futagami?

Ich weiß nicht mehr, was ich machen soll!
Ich wollte alles verges-sen...
... und ein neues Leben anfangen!
Warum...
Das ist alles Ihre Schuld!
Hah...
Warum mussten Sie ausgerechnet jetzt auftau-chen?!

Erinnerst du...
... dich etwa wieder?
SCHWANK
Futagami!
WUSCH
Lassen Sie mich!
Ich...
... will nicht mehr zurück.

Ich wollte...
... Sie nie mehr wiedersehen!
Nagisa!

Du sollst doch im Bett bleiben!
ZACK
Aoi...
Kannst du auf-stehen?
Danke...
Sie sind Kanzaki?
Verschwinden Sie und belästigen Sie Futagami nie wieder! Ver-standen?!

Sie haben doch keine Ahnung...
... wie Scheiße das alles für ihn war!
Ihretwegen...
... hat er so lange...
Hör auf!
Bitte hör auf.
Hah.
Nagisa...
Hah.
Es ist okay...
FWUTSCH

Lassen Sie ihn in Ruhe! Für immer!
Kanzaki...
Es tut mir leid.

Mein Herz...
... wurde mir heraus-gerissen.
WHAMM

Ich kann hoffen und flehen, so viel ich will...
... für uns wird es keine zweite Chance geben.

Kapitel 5
Futagami
KLAPPER

Was?!
Wieso so plötzlich?! Ich versteh nicht ganz!
Und Ihr Abteilungsleiter?
Der weiß Bescheid.
Und hat bereits eingewilligt.
KLAPPER
Mh, na gut.
Für uns wäre es eine riesige Hilfe, aber...
... ist das wirklich okay für Sie?
...

Auch wenn ich es war, der darum gebeten hat...
... Sie sollten das nicht überstürzen!
RAUN
N...
Mh? Was?
Nein ...
Für mich... ist es okay.
Ich muss das tun, sonst komm ich überhaupt nicht mehr klar.
Aber...
Zumindest am Ende will ich mich nicht völlig dumm anstellen.
Tut mir leid, dass ich nicht bemerkt habe, dass es Ihnen so schlecht geht, Futagami!
Ich muss mich entschuldigen.

Geht es Ihnen wieder gut?
Danke, alles in Ordnung.
Sagen Sie mir bitte sofort Bescheid, wenn etwas ist.
Kommen Sie zur Feier?
!
...
Tut mir leid, aber...
Was ?!
KICK
Na, ist klar!
Sie müssen sich noch erholen!
Seufz...
Sie sollten sich aber bei Kanzaki bedanken.
Auch wenn er nur kurz hier war, hat er sich sehr für Sie eingesetzt.
Moment, was?!
Was bedeutet, er war nur kurz hier?!

Kanzaki ist in den Vertrieb gewechselt.
BADUMM
Sie haben ihn sich also tatsächlich geangelt...
Es war scheinbar Kanzakis eigene Initiative.
BADUMM
GNNN
BADUMM
Was?! Das ist ja ein Schock...
Ah, Kanzaki!
SCHLUCK
Puh, wir sind echt überrascht!
Ist irgendwas vorgefallen?!
Wir haben es bisher nur vom Flurfunk...
Stimmt es, dass Sie in den Vertrieb wechseln?!
Sie wissen schon Bescheid?
Das ging ja schnell.
Also ist es wahr...!

Die wollten Sie von Anfang an haben!
Es ist wirklich schade, wenn Sie wieder gehen...
Tut mir leid.
Ka...
Warum entschuldigen Sie sich denn...?
Ich bin sicher, dass Sie auch ohne mich klarkommen.

Geben wir uns alle Mühe.

Billiges Material ...
... und trotzdem kein einziger Kratzer.
Im Gegenteil, er sieht aus wie neu.
Er hat ihn...
... tatsächlich...
... wie einen Schatz behandelt.
Es tut mir so leid.
GNNN

KNARR
Hah.
Und so wird aus einer Willkommensfeier eine Abschiedsfeier...
Übertreiben Sie mal nicht...
WUSCHEL
Er bleibt doch in der Firma und auf demselben Planeten!
Was machen Sie überhaupt hier?!
Das verzeih ich dem Vertrieb niemals!
GYAH GYAH
Ein toller Laden!
So viel Auswahl!
Ja, tatsächlich.
So schade, dass Futagami nicht dabei ist.
...
Ach ja! Erzählen Sie doch mal!
Erzählen Sie die Sache mit dem Ring!
Die Sache mit dem Ring? Was für ein Ring?
Eine Liebesgeschichte!
Was, was?!

Echt, Kanzaki?! Los, hauen Sie's raus!
Es gab da jemanden, den ich sehr geliebt habe...
Wo willst du hin?
Doch nicht etwa zu dieser Feier?
...
Ich muss nur etwas zurückgeben.
!
Warum willst du es nicht verstehen?!

Jeder Kontakt mit ihm...
... wird dich wieder...
...
Ich will nicht...
... dass du wieder verletzt wirst!
Diesmal ist es anders.
Ich habe ihn verletzt.
Die ganze Zeit schon.
Weil ich immer nur mit mir selbst beschäftigt war...
DRÜCK
... und davongelaufen bin.
Vielleicht bin ich wertlos...

... aber er hat mich immer angelächelt.
Ich muss einen Schlussstrich ziehen.
Dafür muss ich mich ihm stellen.
Ich hab dir wirklich eine Menge Ärger gemacht, Aoi.
Für all das bitte ich dich um Entschuldigung.
Hah ...
Bedank dich lieber, Dummerchen.
Kicher...
Ja, stimmt.

Ich hab den Ring zurückgegeben...
... als wir uns nach fünf Jahren wiedergetroffen haben.
Also doch jemand aus Japan!
Sie konnten diesen Menschen also nie vergessen.
Seit Sie ihm das erste Mal begegnet sind...
Sie lieben ihn.

Aber er will...
... die Vergangenheit hinter sich lassen.
Auch wenn es endgültig vorbei ist.
Ohne dass ich davon wusste...
... hat er sich die ganze Zeit so gequält.
Und doch...
Und doch...
Ja...
Auch jetzt noch.
...

Es ist schwer.
Haha...
Ich hab wohl zu viel getrunken.
Entschuldigen Sie, das ist ja peinlich!
Was denn, Sie müssen sich nicht zusammenreißen!
Seufz...
Sie müssen nicht immer perfekt sein...
... man darf auch mal jemandem hinterherweinen, das ist okay!
Das hat doch jeder schon erlebt!
Also echt!
He!
Wieso hinterherweinen? Das ist wahre Liebe!

Sie schaffen das, Kanzaki!
Wir sind für Sie da!
...
Wirklich?
WAH
WAH
So gesehen...
... ist es völlig sinnlos, mich ihm gegenüber zusammenzureißen.
Ich muss mich gar nicht zusammenreißen?
LÄRM
LÄRM
HUST
HUST
Es gibt eh nichts mehr zu retten.
Hah...
RUMMS
Ob er jemals...

... wieder in meiner Anwesenheit...
... lachen kann, irgendwann?

Warum trinken Sie so viel, wenn Sie eh nichts vertra-gen?
Endlich hab ich Sie gefunden...
Hah.
Futa-gami...
Warum ...?
Hah.
Ihr Jackett.

TACK
Ich hatte es noch.
Ach... ja.
Und... den hier...
Ich möchte, dass Sie ihn behalten.
Ich hab eingesehen, dass ich dumm war.
...
Sie haben...
... so viel für mich getan.
Und ich habe Ihnen nichts als Ärger gemacht.
Und Sie so verletzt.
Es...
GNNN
!

Danke, dass Sie mich geliebt haben.
Obwohl alles an mir selbst lag.
Es tut mir leid, dass Sie glaubten, sich entschuldigen zu m...
Futagami!
ZACK
Bitte lass es uns versuchen!
Ich will wissen, was du wirklich fühlst!
WUSCH
Warum ...

... können Sie mich nicht ...?
Du bist so gemein!
Ich kann den Ring nicht wieder zurücknehmen!
Er ist kein Ersatz für dich!
Aber...!
Jemand wie ich...!
!
Ach so.

Dieser Gedanke hat ihn die ganze Zeit gequält?
Vielleicht kannst du mir nicht sofort wieder vertrauen...
... einem Kerl, der sich einfach aus dem Staub gemacht hat.
Aber ich will es wiedergutmachen!
Ich will eine gemeinsame Zukunft! Mit dir!
Ich liebe dich! So wie du bist! Der, der du bist!
Lass uns von vorne anfangen!

Ich will dich! Bitte, lass es einfach zu!
Warum sagt dieser Mensch...
... immer genau das, was ich mir so sehnlichst wünsche?
BEB
Einer wie ich...

Einer wie ich...
... kann mit dir zusammen sein?
Aber natürlich.
POFF
!
DRÜCK
Aah...

Ich bin so froh...
DRÜCK
Nichts könnte schöner sein...
... als mitzuerleben, dass du endlich Liebe annehmen kannst. Endlich erkennst, wie wertvoll du für andere bist und wie schön es ist, geliebt zu werden.
Was für ein Gesicht du wohl machen würdest, wenn ich dir das sagen würde?
WHAMM

Mh!
Mh ...
SCHMATZ
RUMMS
Hah ...
ZUCK
Mh...
Mh!
W... Warte...!
Du bist betrunken und...
Und hier im Eingang ...
Hah ...
Ah ...
ZACK
Ich kann nicht anders...
Hah
Ah ...!
Wenn du mich berührst ...
KLAPPER
SCHMATZ
Ah ...
!
... gerät mein Körper...
WHUPP
Hah.
Sorry ...
Hah.
Aber ich will, dass du mir glaubst...
Hah

Ich will gerade nichts anderes als mit dir schlafen...
Hah.
Aber es ist nicht dein Körper, um den es mir geht...
TOUCH
Ja...
ZACK
Mir auch nicht.
WHUPP
Ob es wie früher funktioniert, kann ich nicht versprechen...
SCHLUCK
Hah.
Das macht doch nichts.
Ich will, dass wir beide es gut finden.

Hah.
Hah.
Geht's? Ich mach auch ganz langsam.
KNARR
FLUTSCH
Sag bitte, wenn es wehtut!
Hah.
Mh!
ZUCK
GLITSCH
FLUTSCH
Mh … Mh!
Wenn es dir gefällt…
… halt dich bitte nicht zurück…
FLUTSCH
Ah!
ZUCK
FLUTSCH
Da… ist es…
… gut …!
GLITSCH
Ah!
Ah!
Ich… komme gleich …
Hah!
Ist gut! Komm ruhig…
Hah!
ZUCK
KLAMMER
Nein…!
Hah!

Hah...
Du sag-test...
Hah...
... wir beide...!
!
KNARR
Hah...
Hah...
Okay? Ich komm jetzt rein!
Mh...
SCHLUCK
GLITSCH
Ah...!
FLUTSCH
!
Hah...
ZACK
Hah!
Hah!
Hah!
KNARR
Hah!
Hah!
... dich ...
TOUCH

Hah.
KNARR
Ich ...
... liebe dich!
Hah.
Ich wollte dich schon immer...
WHUPP
TOUCH
!
WUSCH
Aah!
FLUTSCH
Mmmh!
WUSCH
Ah!
Ah! Ich kann nicht mehr ...
Ich kom-me!
SPRITZ
BAMM
BAMM
BAMM
Ich kommeee!!
ZUCK
ZUCK
BEB
BEB

BEB
Hah ...
KNARR
Hah.
SCHLUCK
SCHLUCK
Hah.
BADUMM
ZUCK
Futa-gami ...
Ich liebe dich!
Ich liebe dich so sehr...
ZACK

ZZZ
KNARR
SCHMATZ
Mh ...
REIB
KNARR
Ah...
Entschuldige, ich hab dich geweckt.
Schon okay...
Wie fühlst du dich?
Ich hab dich ganz schön rangenommen...
Dann ...
... war es gut...?
Willst du noch mal?
!
PATSCH
Aua ...
Haha...

Kanzaki, sag mal...
Hm?
Ich...
... hab noch nicht viel Erfahrung mit einem normalen Leben...
Ja?
Und ich war noch nie richtig mit jemandem zusammen...
Ja?
Und ich kann mich nicht gut ausdrücken...
Deshalb... Also...
Das macht doch nichts.
Lass dir Zeit!

Für mich bist du auch so was wie die erste Liebe.
TOUCH
Wirk-lich...?
DONK
Kicher
Dann geht es dir ja wie mir.
Ende ... und ein Anfang.

TAP TAP
Das bekommen wir hin.
Würden Sie bitte noch die Unterlagen durchsehen?
Sicher.
Ah!
Futagami!
Hah!
WUSCH
!
Fleißig wie immer!
Gehen Sie in die Verwaltung?
Ja, zum Abteilungsleiter.
Ähm, brauchen Sie etwas von mir?
Äh, nein, nichts weiter...
Gut, dann muss ich weiter, entschuldigen Sie mich.
Oh...
...
TAP TAP
Oh Mann...
Das geht so nicht, ich störe ihn nur bei der Arbeit!
Hier in der Firma ...
... ist er abweisend wie immer.
Kicher...
Hah
Hah

KNARR
Ah!
Hammer!
BAMM
FLUTSCH
Das ...
... ist sooo gut!
Ah!
GLITSCH
FLUTSCH
Wie seine Hüften beben...
SCHMATZ
Ah!
Du lächelst schon wieder so...
KNARR
KNARR
Was? Tu ich das?
Ja, tust du! Bei der Arbeit grinst du auch immer so!
PATSCH
Wenigstens in der Firma könntest du es unterdrücken!
Ah
GLITSCH
GLITSCH
Ist es dir so unangenehm, wenn ich dich anspreche?
FLUTSCH
Mh!
I... Ich...
... will dich sonst sofort anfassen...
... das geht nicht.
MURMEL
MURMEL

Mein herzlichster Dank geht an meinen Redakteur M., alle vom Design, alle aus der Redaktion »Gateau Comics«, an meine Familie und Freunde, und an alle meine Leser! Takiba

Hallo, ich bin Takiba. Vielen Dank, dass Ihr »Ich will dich heute Nach gekauft habt! Das ist mein dritter Manga. Ich habe diesen Band in Gedanken an die Zeit gezeichnet, als ich vor ungefähr zehn Jahren beschloss, dass ich Manga zeichnen will. Ich habe versucht, diesen Geist wiederaufleben zu lassen. Ich bin von ganzem Herzen überzeugt, dass es gut war, dass ich die beiden jetzt zeichnen konnte.

Ich will dich heute Nacht!

ist ein japanischer Manga, der originalgetreu von »hinten« nach »vorne« und von rechts nach links gelesen wird! Schlagt das Buch also »hinten« auf und blättert Seite für Seite nach »vorne« weiter! Auch die Bilder und Sprechblasen werden von rechts oben nach links unten gelesen, wie es in der Grafik gezeigt wird! HAYABUSA wünscht gute Unterhaltung!

HAYABUSA
Carlsen Verlag GmbH · Hamburg 2021
Aus dem Japanischen von Dorothea Überall
KONYA KIMI TO NEMURITAI

Publication rights for this German edition arranged through Kodansha Ltd.
Redaktion: Germann Bergmann
Herstellung: Maria Niemann

ISBN: 978-3-551-62040-8

FSC
www.fsc.org
MIX
Papier aus verantwortungsvollen Quellen
FSC® C083411